Gelert, y Ci Ffyddlon

Argraffiad cyntaf: Mai 2005

Rhif Llyfr Safonol Rhyngwladol:
0-86381-980-X

Cynllun clawr: Adran Ddylunio Cyngor Llyfrau Cymru

Cyhoeddir dan gynllun comisiwn
Cyngor Llyfrau Cymru

Argraffwyd yn yr Eidal

Cyhoeddwyd gan Wasg Carreg Gwalch,
12 Iard yr Orsaf, Llanrwst, Dyffryn Conwy, LL26 0EH.
01492 642031
01492 641502
llyfrau@carreg-gwalch.co.uk
Lle ar y we: www.carreg-gwalch.co.uk

Straeon
Plant Cymru
3

Gelert, y Ci Ffyddlon

Myrddin ap Dafydd

Lluniau gan Robin Lawrie

Lle prydferth yng nghanol mynyddoedd Eryri yw Beddgelert. Mae'r ddwy afon sy'n llifo drwy'r pentref yn llawn cerrig garw, gyda dŵr gwyllt yn dawnsio drostynt. Mae'r llechweddau'n serth, a chribau Moel Hebog a Moel y Dyniewyd yn greigiog a thywyll. Hyd yn oed heddiw, mae'n hawdd sefyll ar waelod y dyffryn a dychmygu'r holl fleiddiaid oedd yn crwydro'r tir yma erstalwm.

Amser maith yn ôl, roedd pob math o anifeiliaid gwylltion i'w cael yn ardal Beddgelert – bleiddiaid, ceirw corniog a moch gwyllt yn eu plith. Byddai'r hen Gymry'n mwynhau hela'r rhain, a doedd Llywelyn Fawr – un o'n tywysogion ni – ddim yn eithriad. Roedd gan Llywelyn lys hela yno.

Ar ôl cyfnod prysur o ryfela yn erbyn y Normaniaid, a cheisio cadw trefn ar ei wlad, roedd Llywelyn wrth ei fodd yn aros yn ei lys, gan fynd allan gyda'i farchogion a'i gŵn hela.

Yn gynnar un gwanwyn, roedd Llywelyn Fawr mewn hwyliau arbennig o dda. Roedd bywyd wedi bod yn garedig wrtho y gaeaf hwnnw oherwydd ganwyd mab iddo ef a'i dywysoges.

Gobeithiai Llywelyn y byddai'r bychan, rhyw ddydd, yn ei ddilyn fel tywysog ac yn gwarchod ei wlad. Penderfynodd Llywelyn ddod â'r teulu bach i'r llys hela yn Eryri i fwynhau'r gwanwyn cynnar yn y mynyddoedd.

Dychmygwch nhw'n dod! Y tywysog a rhai o'i filwyr gorau ar gefn ceffylau, cŵn hela coesau hirion yn llamu a ffroeni'r awyr a chyfarth o gwmpas y llwybr, a'r dywysoges, y babi bach a'r morynion yn dilyn mewn cert a cheffyl. Wedi cyrraedd y llys hela a chael cynnau tân yn y neuadd fawr, roedd Llywelyn ar ben ei ddigon yn edrych ymlaen at hela ar hyd y llechweddau y diwrnod canlynol.

"Erbyn nos fory, bydd gennym gig carw coch yn rhostio'n braf ar y tân yna ar gyfer y wledd!" meddai Llywelyn. "Ble mae'r cŵn? Gadewch iddyn nhw ddod i mewn i'r neuadd!"

Ar hynny, daeth y cŵn hela ceirw i mewn – cŵn tal gyda blewyn hir; cŵn cyflym, caled. Aeth rhai at y tân, a rhai at y milwyr, ond aeth un – dim ond un – at draed Llywelyn ei hun. Gelert oedd y ci hwnnw, ac roedd hi'n amlwg i bawb yn y llys bod y tywysog a Gelert yn ffrindiau mawr.

Ben bore drannoeth, roedd buarth y llys yn llawn cyffro a sŵn a phrysurdeb. Rhedai gweision i roi sylw i'r ceffylau, llamai helwyr ar y cyfrwyau, cylchai'r cŵn gan ysgwyd eu cynffonnau'n llawn egni, a bob hyn a hyn rhoddai'r cynydd – prif swyddog yr helfa – chwythiad ar ei gorn hela.

Ond lle'r oedd Llywelyn? Roedd pawb yn disgwyl amdano; ef fel arfer oedd y cyntaf ar y buarth pan oedd hi'n ddiwrnod hela, yn eiddgar am gael cychwyn.

Roedd y tywysog yn ei stafell wely. Doedd y dywysoges ddim yn teimlo'n dda ar ôl y daith flinedig y diwrnod cynt. Roedd y babi bach wedi cael ei fwydo ac yn ddigon bodlon, ond roedd hi'n amlwg i bawb fod yn rhaid i'r dywysoges gael gorffwys y bore hwnnw.

"Mi awn ni â'r bychan yn ei grud i lawr i'r stafell yng nghefn y neuadd," meddai Llywelyn wrth un o'r morynion, "er mwyn i'r dywysoges gael llonydd."

I lawr yn y neuadd, roedd aroglau mwg y tân coed yn dal yn drwm ar yr awyr. Drwodd yn y stafell ger y neuadd, roedd hi'n ddigon clyd – ond braidd yn fyglyd o hyd. Agorodd Llywelyn ychydig ar y drws oedd yn arwain allan i'r ardd, a thynnu'r

garthen ar draws y wal fel nad oedd gormod o awel yn dod drwy gil y drws.

"Dyna ni, ychydig o awyr iach ar fore braf o wanwyn!" meddai'r tywysog. "Mi wn y byddwch chi'r morynion yn brysur drwy'r dydd, felly fe gaf i un arall i gadw llygad ar y bychan."

Aeth yn ôl at y drws a rhoi chwibaniad oedd yn diasbedain ar draws y buarth. Toc, daeth Gelert i'r golwg a gwthio'i hun drwy adwy gul y drws i mewn i'r stafell, gan edrych yn ddisgwylgar ar ei feistr.

"Gelert, gorwedd fan yma 'ngwas i," meddai Llywelyn wrtho. "Aros yma fydd dy waith di heddiw, ac edrych ar ôl y babi bach yn y crud. Aros! Gorwedd!"

Edrychodd y ci hela â'i lygaid brown ffyddlon ar ei feistr a phlygu i orwedd wrth y crud.

Rhoddodd Gelert ei ben ar ei bawennau a gwelodd y babi'n gwenu ac yn ysgwyd ei freichiau arno yn ei wely bach. Clywodd gorn y cynydd yn taro un nodyn hir, ac yna garnau ceffylau'r helwyr yn gadael y buarth. Clywodd gyfarth cyffrous y cŵn yn diflannu'n raddol i'r goedwig. Ond ni symudodd Gelert yr un gewyn.

Ymhen ychydig, clywodd Gelert aroglau

hyfryd yn cyrraedd ei ffroenau wrth i forynion y gegin fwrw i'r gwaith o baratoi bwyd i'r llys. Daeth un o'r morynion i roi llymaid o ddŵr iddo. Yna daeth y dywysoges i lawr i fagu'r bychan am ychydig, ond roedd hi'n dal i deimlo'n wan ac aeth yn ôl i'w gwely am y prynhawn.

Weithiau, codai Gelert un glust i wrando. Yn y pellter, gallai glywed ambell gyfarthiad uwch na'r cyffredin yn ei gyrraedd o'r cymoedd unig. Dychmygai'r cŵn ar drywydd carw; dychmygai'r helfa wyllt rhwng y coed a thrwy'r nentydd byrlymus. Byddai Gelert wedi hoffi bod yno . . .

Caeodd un llygad i ddychmygu'r olygfa – ond cadwodd y llall ar agor. Drwy'r prynhawn, cadwodd un llygad yn agored yn gwylio'r baban yn y crud.

Yn sydyn, cododd Gelert ei ddwy glust. Beth oedd y sŵn dieithr yna oedd wedi tarfu arno? Erbyn hyn, roedd dau lygad Gelert yn agored led y pen ac roedd wedi codi ar ei eistedd.

Gwrandawodd yn astud ac roedd ffroenau'i drwyn yn ceisio cael atebion o'r awyr. Pwy neu beth oedd yno?

Trodd i edrych ar y babi yn ei grud: roedd hwnnw'n dal i gysgu'n dawel. Yr eiliad nesaf

gwelodd Gelert y garthen oedd dros adwy'r drws yn symud. Clywodd y drws pren yn gwichian wrth iddo agor yn araf bach. Bellach roedd Gelert ar flaenau'i bawennau, ei wrychyn wedi codi a chwyrniad isel yn ddwfn yn ei wddw.

Yn sydyn, neidiodd dwy res o ddannedd gwynion, miniog tuag ato o gyfeiriad y drws. Gwelodd Gelert weflau cochion a chôt flewog flêr, yn llwyd a du am y corff hir a thenau oedd yn dod amdano. Ond y peth mwyaf erchyll oedd y llygaid y tu ôl i'r dannedd: llygaid melyn creulon. Llygaid creadur oedd ar fin llwgu, ac yn fodlon ymladd hyd marwolaeth i gael pryd blasus o fwyd.

Doedd gan Gelert ddim amser i feddwl. Symudodd yn chwim i'r ochr wrth i'r blaidd newynog lamu heibio iddo. Neidiodd Gelert yn ei ôl a llwyddo i blannu'i ddannedd yn ochr yr anifail rheibus wrth iddo'i basio. Hyrddiodd y blaidd i un ochr nes bod crud y babi'n siglo'n beryglus.

Trodd y blaidd yn chwyrn a llamu'n ôl am y ci gwarchod. Wrth wneud hynny, trodd y crud drosodd a llithrodd y dillad gwely a'r babi bach yn un twmpath allan ohono. Ond ni ddeffrodd y bychan.

Roedd hi'n ymladdfa hyd y diwedd rhwng Gelert a'r blaidd bellach. Er bod y blaidd yn denau ac yn wan gan newyn y gaeaf, roedd ei gorff yn fwy ac yn drymach nag un Gelert. Roedd ei ddannedd yn hirach ac yn fwy miniog hefyd.

Brathodd y blaidd yn ddwfn i fynwes Gelert gan suddo'i ddannedd ynddi a thynnu gwaed. Teimlai'r ci hela ei nerth yn llifo allan ohono. Ceisiodd gamu yn ei ôl, ond roedd y blaidd yn gwrthod gollwng, yn dal i afael yn ei gnawd.

Yna, agorodd y blaidd ei weflau er mwyn plannu'i ddannedd yn ddyfnach i fynwes Gelert. Wrth wneud hynny, llaciodd ei afael am hanner eiliad bach. Teimlodd Gelert y rhyddhad sydyn a gwelodd ei gyfle. Tynnodd yn ei ôl â'i holl nerth gan lwyddo i dorri'n rhydd o afael dannedd hir, miniog y blaidd.

Sgrialodd yn ei ôl a neidiodd y blaidd amdano eto. Cyrcydodd y ddau yn isel, gan chwyrnu a chodi gweflau ar y naill a'r llall. Daliai Gelert i gamu'n ôl a theimlodd ei hun yn cael ei gau i mewn yng nghornel y stafell. Gwelodd y perygl a rhoddodd gynnig ar ddianc heibio'r blaidd, cyn stopio'n sydyn a neidio am ei glust wrth i hwnnw gamu i'w lwybr.

Roedd hi'n chwrligwgan waedlyd yn awr. Plannodd y blaidd ei ddannedd ym mhawen flaen Gelert nes bod y ci druan yn gwichian mewn poen. Ond roedd Gelert yn ei dro wedi llwyddo i suddo ei ddannedd o dan glust y blaidd. Gwasgodd yn ddyfnach i'r blew llwyd a theimlo am wddw'r anifail rheibus. Gwingai a gwthiai'r ddau ei gilydd, a'r un ohonynt yn fodlon gollwng. Cafodd y crud ergyd arall nes iddo ddisgyn dros ben y babi; deffrodd yntau gan ddechrau sgrechian crio.

Yna, clywodd Gelert y blaidd yn dechrau brwydro am ei anadl ac yn gwanio o dan ei frathiad. Gallai deimlo llif cynnes o waed y blaidd yn gwlychu'r blew o dan ei glust. Tro'r blaidd oedd hi i geisio cilio yn awr, ond doedd Gelert ddim am ildio. Daliodd i'w wasgu a'i wthio i ben draw'r stafell nes i'r blaidd o'r diwedd ddisgyn i'r llawr yn un swp mawr, diymadferth, gwaedlyd.

Pan oedd Gelert yn sicr fod y blaidd wedi marw, gollyngodd ei afael. Trodd i roi ei holl sylw i'r babi bach, oedd bellach o'r golwg dan y crud. Cerddodd Gelert yn gloff ar draws y stafell gan wneud sŵn gwichian cysurlon drwy'i drwyn. Tawelodd y babi.

Unwaith eto, gorweddodd Gelert wrth ymyl y

crud i'w warchod, gan lyfu'i bawen glwyfus. Roedd pobman yn dawel unwaith eto. Mae'n rhaid fod y babi wedi syrthio'n ôl i gysgu yng nghanol twmpath blêr ei wely.

Ymhen hir a hwyr, clywodd Gelert y marchogion yn gweiddi wrth gyrraedd yn ôl i'r buarth, y ceffylau'n gweryru a'r cŵn yn cyfarth, ond ni symudodd o'r fan. Doedd ei waith ddim ar ben eto.

Clywodd Gelert lais ei feistr yn galw ar y milwyr a'r gweision ar y buarth.

"Dewch â digonedd o geirch i'r ceffylau!" gwaeddodd Llywelyn. "Maen nhw wedi cael diwrnod caled i fyny'r llethrau gwyllt acw. Ac nid arnyn nhw mae'r bai na lwyddon ni i ddal y carw coch. Tasai'r hen Gelert gyda ni . . . "

Ysgydwodd Gelert ei gynffon wrth glywed ei enw, ond eto ni chododd oddi wrth y crud.

Clywodd Gelert sŵn traed yn nesu at y drws. Roedd yn adnabod cam ei feistr. Cododd yn boenus ar ei bawennau blaen yn barod i'w groesawu.

Agorodd Llywelyn y drws yn llydan a thynnu'r garthen yn ôl. Cerddai ci gwaedlyd ato yn ara deg, ond gan ysgwyd ei gynffon. Am eiliad,

doedd y tywysog ddim yn adnabod ei gi ffyddlon.

"Gelert!?" meddai mewn syndod. "Be gebyst?" Gwelodd Llywelyn y geg a'r fynwes waedlyd. Edrychodd o'i gwmpas yn wyllt. Gwelodd y crud ben-i-waered a'r dillad gwely'n chwalfa. Doedd dim golwg o'i fab yn unman. Beth oedd wedi digwydd i'r tywysog bach, cannwyll llygad ei rieni? Ffrwydrodd llun o Gelert yn lladd ei fab drwy feddwl Llywelyn. Heb oedi i feddwl, cydiodd yn ei gleddyf a thrywanu Gelert drwy'i galon.

Gan roi un edrychiad olaf llawn poen ar ei feistr, syrthiodd y ci dewr yn farw wrth ei draed.

Yna, o rywle o dan y crud, daeth cri babi bach.

Trodd Llywelyn ei ben yn wyllt i edrych. Beth oedd . . . ? Oedd yna obaith fod y bychan dal yn . . . ?

Llamodd at y crud a'i godi. Gwelodd ei fab yn deffro o'i gwsg ar y pentwr dillad blêr. Roedd y babi'n adnabod wyneb ei dad ac yn gwenu'n hapus arno.

Pam ei fod yn gwenu . . . ? Ond beth am y gwaed?

Cododd Llywelyn ei fab yn dyner, ac edrych yn ofalus arno. Doedd dim diferyn o waed nac ôl yr un dant yn agos ato.

Beth yn y byd oedd wedi digwydd? Pam fod gwaed ar geg Gelert? Sut y gallai fod wedi meddwl am eiliad fod y ci hela wedi ymosod ar y baban?

Gan fagu ei fab yn ei freichiau, cerddodd Llywelyn yn ôl at y drws, at gorff Gelert. Gyda'r drws yn agored a haul olaf y prynhawn yn tywynnu i mewn i'r stafell, gallai weld llwybr o waed yn arwain i'r gornel bellaf.

Beth oedd draw yn y fan acw? Wrth weld corff gwaedlyd y blaidd yn gorwedd yno, sylweddolodd Llywelyn beth oedd wedi digwydd mewn gwirionedd.

"O, Gelert!" llefodd. "Achub bywyd fy mab wnest ti – a finnau'n meddwl dy fod wedi ei ladd!"

Er mor falch oedd Llywelyn o weld ei fab yn fyw ac yn iach, doedd dim modd ei gysuro ar ôl iddo ladd ei gi ffyddlonaf ar gam.

"Gelert ddewr!" llefodd. "Roeddet ti'n fodlon peryglu dy fywyd dy hun er mwyn arbed bywyd fy mab – a dyna'r diolch roddais i i ti! Fedra i fyth faddau i mi fy hun am wneud y fath beth."

Disgynnodd tawelwch mawr dros y llys. Ni fu gwledd yn y neuadd fawr y noson honno. Ni chanodd corn y cynydd, ac ni chlywyd pedolau ceffylau'r helwyr ar y buarth am amser maith ar ôl

hynny. Ni chlywyd chwerthin ymysg y milwyr chwaith, ac mae rhai'n dweud na wnaeth y tywysog trist erioed wenu ar ôl y diwrnod ofnadwy hwnnw.

Claddodd Llywelyn gorff ei hoff gi o dan goeden ar ddôl afon Glaslyn, yng nghysgod y llechweddau lle bu'r ddau ohonynt yn arfer mwynhau hela. Cariodd garreg fawr o'r afon a'i rhoi ar fedd y ci, fel y byddai'r cof amdano yn aros yn hir yn y tir.

Bob tro y byddai Llywelyn yn dod i aros yn ei lys yn y mynyddoedd, doedd ganddo ddim awydd bellach mynd i hela fel y gwnâi o'r blaen. Yn hytrach, âi i gerdded y llwybr braf ar hyd glan yr afon i ymweld â bedd Gelert. Yno, eisteddai yn nhawelwch hyfryd y llecyn arbennig hwn i feddwl am ei ffrind annwyl.

Heddiw, mae modd i ninnau gerdded yr un llwybr, ac adrodd y stori hon am Gelert, ci ffyddlon y Tywysog Llywelyn.

Straeon Plant Cymru 1

Straeon y Tylwyth Teg

Mae llawer o straeon am y 'bobl fach' yng Nghymru – dyma bedair ohonynt.

Straeon Plant Cymru 2

Ogof y Brenin Arthur

Bugail yn cael y braw rhyfeddaf wrth ddod ar draws llond ogof o drysorau a milwyr yn cysgu . . .

Straeon Plant Cymru 4

Barti Ddu, Môr-leidr o Gymru

Wyddech chi mai Cymro oedd y môr-leidr mwyaf lliwgar a llwyddiannus a welodd y byd erioed . . . ?